扎西拉姆·多多 著

以何之名

the name

目錄

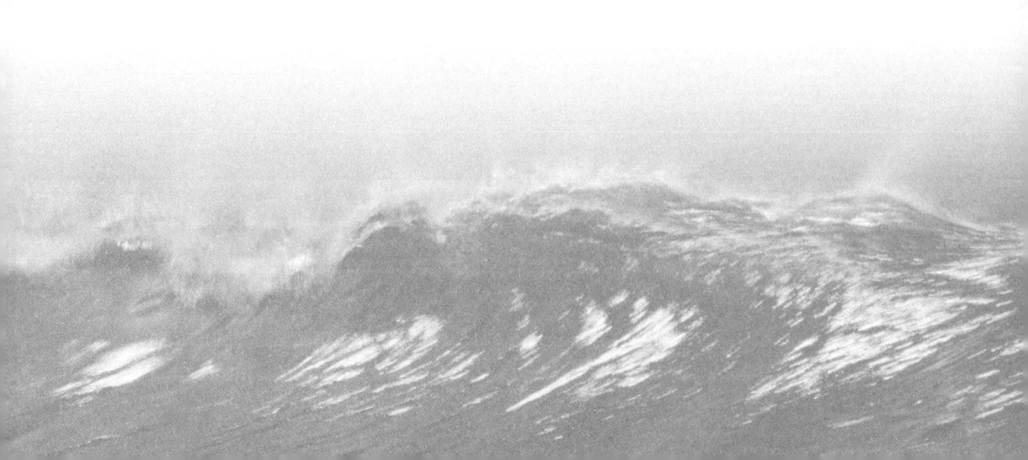

序《以何之名》

當出版社的編輯問我，這是我的第一本純詩集，想要給它起個什麼書名？我說，就叫無名好了，反正裡面的每一首詩，也都沒有名字，目錄上就寫：無名001、無名002、無名003……那一刻，可憐的編輯大概想要立馬改行。

然而我的詩，就是這般無由地發生的啊，不，甚至不能稱它們為「我的詩」，因為它們不知以何之名而發生，亦不知應，以何名之。

我並不具有，設計與編排文字的能力，也並無值得推崇的信念；我不是任何思想的宣告者，我只不過，總是在虛弱之時，被那些應運而來的文字所告慰著，又在不可一世之時遭到了它們不容分說的戲虐。

那些詩歌既是適時又短暫的擁抱，又是當頭猛烈的棒喝。它們只因某時某刻的執念與惑業而來，惑解自去，來不及命名，更不應被玩味。

所以當這一本書要勉強出版——作為我給自己的四十歲禮物——當我要為每一首詩重新命名，我必須一一召回，那些跨度甚大的昔日時光。然而卻發現，就算時間、地點、人物、事件都還歷歷在目，那一刻的心情，卻真的無法模擬、無從複述了，那明明是一種遺忘，我把它硬叫做，成長。

不過我亦慶幸，終於還是翻開了那些一旦被寫下便不再去重讀的詩句，終於可以反過來對話，那些喃喃不輟的聲音，將每一個新編標題當作時隔經年的回應，當作欠奉已久的感恩。

書名最後定為《以何之名》，既問自己又問詩。問自己：你以什麼名義出版這一本書？詩人嗎？你不算，那些詩不是你創作的結果，你也沒有主動創作的能力，你只是被流經、被推遷，你只是水文記錄員。問詩句：為什麼選中我？你是誰？為何你寫下了那麼多反詩歌的詩？如果有一天我不再成詩，你還會愛我嗎？

這本書不是我詩歌的全部，已經被收錄在前三本書中的詩，我沒有重複收錄。所有這些詩句，它們的出現，並非依照著出版的時間順序，它們在同一時間跨度內出現，僅僅只是被選編在不同的書裡，所以它們反映不出詩歌本身的水平是隨流年而益增，還是衰退，倒的確是反映了我對自己的誠實與接納程度，而這種誠實，大概是要以令老讀者失望為代價的。

01 我們又怎麼知道什麼是什麼呢

天使用歡愉懲罰無常
魔鬼用死亡寬恕欲望
天空用拂曉懲罰夢想
大海用沉沒寬恕遺忘
男人用愛情懲罰女人
女人用年老寬恕虛妄
一匹馬
用屹立不動懲罰韁繩
一滴眼淚
用燃燒寬恕刀刃
世界用荒謬懲罰我的不信任

我用獨生獨死
獨來獨往
寬恕世界的不仁
寬恕眾神

02 殊勝的不安

與冥漠間的荒走相比
我更害怕你的安營紮寨
逐水而居
還有你的慘白失語
也比口若懸河時的紅潤好看

最好你無法
無法在這世上心安
最好這如熔爐的世
無法為你賦形
也無法煉你成鋼

風自三十三天而下
風自十八無間而上

你砥礪也好匍匐也好
你這乞士
應一無所求
你這聖王
應一無所有

03 本來無東西

我不問任何人
因何一再懷疑
換作是我被問到
何以始終相信
我也同樣無以為據

我也不向任何人透露
我被燃燈人吻過的祕密
而且這與
他在你胸口留下的疤痕相比
又算得了什麼奇蹟

同樣是賜福吧
懷疑或者相信的能力
同樣是陷阱吧
無瑕的相信與精密的懷疑

我們之間沒有戰爭
連辯論都不必
山南的蟄蟲如何對話
山北的游魚
何況燃燈人在山巔
何處有南北
本來無東西

04 比我勇敢的我

我的夕陽武士
你該去那日落的方向
馬頭向西
馬蹄向東
你的劍
向我最漆黑的洞穴

我的夕陽武士
你該去那森林的邊緣
水攔斷水
山橫斷山

你的眉眼
斷我最隱祕的牽連

我的夕陽武士
你已得到我的授權
秉燭
穿越我的暗夜
再以一把厲火
讓夢幻滅
高歌
知幻即離
離幻即滅

05 妄念即法身

如同生命
之於生命現象
如同法性
之於法
如同空
之於色

你之於我
是一切現象的生起處
是一切顯現的消融處
是那一切與一切的本身

在空與顯之間有一個最大的祕密
在你與我之間有一個最簡單的謎底

06 薄伽梵說

聽著！
我們已經如此獨特
還不能讓你放棄做那個特別的人嗎？
我們已經如此尊貴
還不能讓你放棄做那個高傲的人嗎？
我們已經如此豐盛
還不能讓你放棄做那個求索的人嗎？
聽著！

香巴拉只有君主
越量宮中只有王沒有臣
你沒有迴旋沒有退路沒有選擇

以四海之水灌頂
於孔雀寶座加冕
奉三寶之承運
我降詔於你：
沿唯一佛乘
證獨一法身

07 無遠弗屆

你的蓮台
是我出發的地方
也是東方西方
思念的遠方

遊行人間
只是因為你說
人間沒有光

遊行人間
不是因為我勇敢

只是明明你就在身旁

東方西方
劫數未盡的地方
就是我們允諾過
不捨不棄的戰場

不見你的時候
我是勇士
見到你的時候
我是你的忠將

08 與其說眾生因無明而眾生，不如說是因我無明而將眾生視作眾生

有時候會有幻覺出現
會在人的眼底
看見滄浪
會聽見人的某一聲噓氣
痛成了哭腔

人啊
誰予你以傷？
誰囚你以障？
你的愁苦
是你的還是我的

虛妄？

你我只能同時頓超
源底之傷
我無法獨自化光
如同你無法
獨自黯暗

09 人間正好

天光一線
入我塵淵
殷紅如血
映我衣衫

燃燒吧蒼涼
於我胸膛
翻滾吧滄浪
以我手掌

是誰的幻城

片羽磷光
是誰的夢境
日久天長
誰還在流浪
甘若飴漿
誰已經醒轉
悲苦難當

真相太凌厲啊
我只好再為你撒一回謊
謊言太溫柔啊
千萬別上了我的當
天堂太完美啊
誰願聽苦空無常的荒腔

地獄太擁擠啊
誰能信那無我的安詳

苦樂堪熬
人間正好
悲欣交集
人間正好

10 並蒂蓮生

止寂
停止造作
則生大力用

默照
全然隱匿
則從此遍在

如實
不再有任何取悅
則令諸佛歡喜

多麼異樣的世界
多麼尋常的本心
如何才能進入
如入本尊之壇城？
如何才能得見
如見掌中之玄紋？

此時
我看見它們很近　很近
兩重幻境
如並蒂的蓮
一徑　執有卻終逝
一徑　離空而幻生

11 空性是個好消息

所有的熱絡
都將歸於空漠
多少人際周旋
相互取悅
都末了
都還是要單槍匹馬與自我交戰
輸了
無人安慰
贏了
無人喝彩
真正的上師

便是這寂寞中的大寂寞
是你跌落時的無處可著
是你粉碎時的無傷可創

12
密匙

我注視過你
一刻
是時間
一刻
也是道心痕

哪有什麼長短
在這無量的生滅之中
哪有什麼深淺
在這如幻的聚散之中

注視過低頭途經的你
結下過你莫能知曉的緣
這是我的無上密
嗡瑪尼唄咪吽
記住這唯一的密匙
持！

13 是夜中秋

不知這是否最恰當的時分
我思念那從未到過的故鄉
聽說那是一轉身就能看見的遠方
聽說那是一場從未離開的流浪

若非你來尋我
若非你信誓旦旦
我連思念也不敢

我思念那個
你所授記的應許之地
那個你我的所來之處

可我又如何能夠思念
無法記憶
不曾謀面的他方呢
若非你在這裡

只要你在
你便是那最初與最後
便是那路後面的路
腳步身邊的腳步
手裡的手
全部的全部

14 我多想為你再寫一首詩

我多麼想為你再寫一首詩
但我已經看穿了我的虛情假意
這虛情假意就像北京的灰塵
遍布在我的一切生活裡
鋪在我的房間
我的被單
我的表情和我的身分證
可我惟獨不想讓它沾染到你
我多麼想再為你寫一首詩
但我找不到哪一個詞

它無關讚美
無關祈求
無關高尚
無關神聖
我竟然沒有這樣的語言可以如實地將你指出
好吧
其實我也沒有別的語言
可以把我自己指給你

有一股欲要成詩的情緒在那裡
但我知道
一旦成詩
定然會很可笑
因為所有極力的表現都不如你已經知道的真切

表達是個壞習慣
它能讓我覺得你還在那裡聽著
你在我對面
在我身邊
在我頭頂
在我心間
寧願將所有言辭都用盡
這是因為我不敢相信
你已經在我裡面

我不敢相信
如果再也看不見你
其實是最好的壞消息

所有
極力的表現
都不如
你已經知道的
真切

15 何處非中

如果佛法在虛空裡
那麼一定也在塵埃裡
如果佛法在廟堂裡
那麼一定也在市井裡
如果佛法在茶湯裡
那麼一定也在酒囊裡
如果佛法在來裡
那麼一定也在去裡
如果佛法在色裡
那麼一定也在空裡
如果佛法在我的筆墨裡

那麼一定也在
我的沉默裡

16 譬如幻師所作幻事

你永遠無法愛上我
因為我只是你的一個夢
我並不真的存在
你的愛恨
再怎麼熱烈
我都無法參與其中

我永遠無法忘記你
即使我已經醒來
但我怎麼能夠肯定
醒後的那場分離

不會是另一個世界的
另一張床上的
另一個夢

那一個午後
我夢見自己在做夢
你是否看見
我醒了一次又一次
都始終念著你的名字
求你
快醒過來吧
好讓我徹底消失

譬如幻師作所幻事。我亦如是。與諸眾生種種安樂。
又如幻物無有自性。一切眾生。亦復如是。本來無有我我所性。
又如夢中見種種物。夢心分別。謂為實事。
及至覺時。了無所在。應知諸法皆亦復然。
——《大方廣華嚴經》

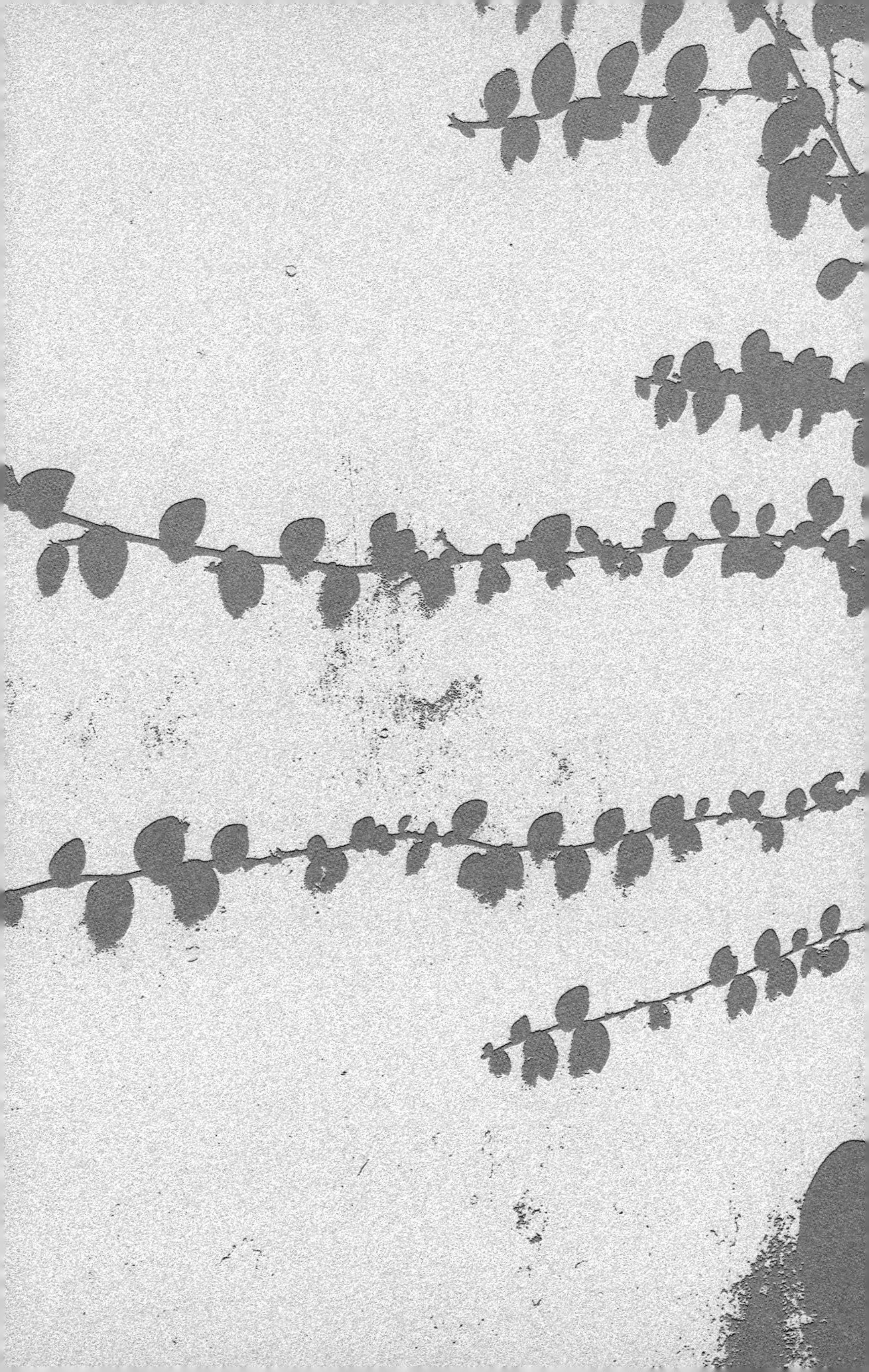

17 我也

我既不憤怒也不憂傷
詩人們不喜歡我
我既不虔誠也不絕望
聖徒們不喜歡我
我既不祈求也不懦弱
國王們不喜歡我
我既不施捨也不傲慢
乞丐們不喜歡我

其實我也
不喜歡

你們

18 那麼我們所為何求?

我們穿上鞋子
拒絕大地的加持

我們撐起雨傘
拒絕天雨的灌頂

我們裹緊衣衫
拒絕山風的宣化

我們加快步伐
拒絕時間的授記

然後我們哭泣
說自己是孤獨的孩子
被拋棄在世界之外

世界開始大笑
說她是孤獨的母親
被拋棄在我們之外

19 虔誠

雲的虔誠是散聚
雨的虔誠是淋漓
花的虔誠是開放
然後凋零
風的虔誠是無所用情
晝的虔誠是熱烈喧嘩
夜的虔誠是漆黑死寂

只有人的虔誠
是那遠離本性的神聖舉止
是那背道而馳的精心設計

20 也堪回首

每一次回頭
都見著一個粗糲的自己
挑眉凸額地
不明所以地意氣風發著
被半截埋在塵土裡
像帝王墓道旁的石人石馬
守護著一場關於自己的祭禮

這種景象
總是讓我十分臉紅
與

萬分欣慰

21 漫長的收服

我總是微笑
笑得親切
因為如果我不笑
我那南方人的長著高顴骨和窄額頭的臉
就會洩露出薄倖與挑釁
我不願意透露
我對這個世界的陰謀
我不願意被你
當成盜賊或者英雄

我和世界

到底誰把誰收入囊中
是我們之間的事

22 路邊攤

我想擺個路邊攤
思考者路過
我就喊：
嗌～
賣瘋狂嘍
三塊錢倆！

女人經過
我就喊：
嗌～
很多很多的傷心人吶

隨便挑嘍！

苦行僧來了
我就喊：
嗌～
拿我的空籮筐換你最後那點執著唄！

23 一時

一時
會覺得自己已經老到
骨肉襤褸
皮相模糊
我穿過業風
或者業風穿過我
相逢便相泯
予取予奪
溶溶正好

一時

又覺得我根本還未出生
這一切不過是
胎裡的軟軟嬰孩
尚未具眼、耳、鼻、舌、身
卻先做了的
一場微夢

24 鬼才過七夕

舉世盛讚
那場差距懸殊的愛情
無人知曉
平凡的愛才曠日持久
誰也不必
壯烈犧牲
誰也不曾
散魄飛魂
我們相愛
不驚動任何一隻喜鵲
不牽扯哪一頭老牛

我們好好在一起
就算哪天分開了
我們就在各自天邊
好好愛自己
不相聚
不分離

25 第七日

我兒
焚過的紙錢火辣辣明灼灼
我已看見
你便歸去吧
你燒了七天七夜
又哭了七天七夜
不必

兒啊
我的路上已無需錢糧
貪婪無法與我為伍

貪婪在八寒八熱的下方

兒啊
你的路上也不可悲傷
從此
你是所有父親的兒子
你是所有兒子的父親
你要為他們擔當
為他們伸張

兒子
粗鄙老父
沒有什麼可教給你
但我已經用一生正直

將人字寫給你看

去吧
勿念
我會日日在此
與鬼鬥酒
賭你
磊落光明
碎破黑暗

26 一個外人

岸邊仍有譏笑聲
偶爾被幾陣江風吹來
更有橫飛的烏雀試圖擾亂
船的耳目
嫁給塵世的寡婦啊
你不必扯下頭巾拼命驅逐我的船舶
我並不打算搶奪你驕傲的忠貞
也絕不登臨你的崖岸
我要去往的
是你不曾想像的他方

我並不打算進入你們任何人的場域
從一開始
我就是一個訣別的人
從一開始
我就是一個訣別的人

27
當你說放不下

整個七月的雨水
會在八月的第三天被曬乾
所有做錯的表情
會在天黑後被原諒
你什麼都不用做

冰淇淋會融化
皺紋會在臉上開花
風會帶走鳥兒
不去記住的自然會忘
你什麼都不用做

什麼都不用做啊
我的姑娘
你最殷勤的僕人
就是無常

28 你的前塵不是我的前程

你怎麼知道
你就是那個男子
曾經那樣地隔著漁火明滅
一槳一槳尋長笛婉轉而來
曾經那樣地隔著燭火融融
頻頻而柔柔往爐中添香？

你怎麼知道
你就是那個男子
曾經長衫飄揚短歌文章
曾經烹茶煮酒馬蹄聲響？

生命的行色匆匆
你連我都還沒認出
你又怎麼知道
你就是那個男子？

29 飛鳥愛上飛鳥

飛鳥愛上飛鳥
不是自由
天空愛上飛鳥
才是擁有
允許你來
允許你走
我的愛就這麼無怨這麼無憂

落花愛上落花
無法守候
大地愛上落花

才能永久
陪著你喜
陪著你愁
我的愛就這麼深沉這麼濃厚

我願如此
如此愛你
給你天空
給你大地
然後靜靜
靜靜化作風景
去裝點那
最美麗的你

讓我如此
如此愛你
做你的天空
你的大地
然後默默
默默給你勇氣
讓你去做
做你自己

30 如茶

水已三沸
投入多少的默言
能沖泡出清揚的詩篇
湯色透徹
苦後
回甘

又有誰
會入於我的茶席
也不招呼言語
端過杯便啜飲

仰頭
閉目良久
終歎一聲

此等況味
恰如輾轉平生

31 容許即自在

如同忠心的臣子
我領受生命的旨意
不問所以
唯一聲：遵命

命在江頭舟上
便是浮生
若在馬背戍邑
便是離人
命在這流流轉轉的年與年
城與城

風塵與風塵
直到酒囊空盡
古樽跌破
漸發覺命中那些
滔滔運轉而來的
終將滔滔而去

容許它來
容許它停留
容許它走
就像容許生命本身

32 蒲月

用了半晌的功
雲端落下幾分雨來
料雲奴馱水亦辛苦
榆樹殷殷接應著
楊樹本想在無風處靜歇
也聞訊舒展
水邊的幾株菖蒲被天雨打濕
垂下頭來暗忖
蒲月將過
還未被折了去
置於哪戶人家的門頭

這世道的邪戾之氣
竟無緣去消辟了
菖蒲因愧色而墨綠

33 寫罷離歌不肯唱

逐　流光

相似相續　如幻

即空即有　無常

徜徉

懶　梳妝

鏡裡鏡外　雪霜

窗前窗後　花黃

張望

走過的千山

蜿蜒塵夢　一場
揚過的千帆
浮沉　飄蕩

許過的千願
輾轉年華　闌珊
我不說悔
你不說傷

問　蒼茫
緣生緣滅　何方
情深情淺　相忘
原諒

倚　欄杆
雲舒雲卷　淡淡
潮起潮落　兩岸
消散

唱過的離歌
婉轉濕透江南
等過的離人
漸行　漸遠
說過的離別
化作淋漓衣衫
我不說悔
你不說傷

34 瓜月留人

這個月初
你突然說
大概是時候歸去了
漸老　還鄉

我該用什麼留你呢
你尋不著的夢境我也未曾得見
空口無憑
我走出的重圍也不是你的重圍
無路可循

我該用什麼留你呢

喏
瓜都熟透了
不如
吃一口
再走

吃一口
命途到此瓜熟蒂落
也好

35 素直之心

我看見
有一顆　心事
開在你的眉頭
那些籐蔓枝椏會不會
擋住你的視線？
擋住你的
眼波清淺？

容我伸手摘下它好嗎？
為它
我已備好了

月光下的梅瓶
茶案上的香茗

心瓣開時
我們舉杯
心瓣敗後
我們微笑
天亮前
還自己一顆
素直之心

36 殘暑

殘暑尤在
歲已過半
此時的光景與彼時的光景
互照出一段綿長而淺白的流年
但歎息已遠

你送的麻衣抽了紗
脫下
裁成兩只布袋
一只裝了杭菊一只裝老茶

離別的時候
人淡如菊
想念的時候
心澀如茶

37
異鄉

唉
異鄉　異鄉
你已不足以成為我詩中的意象
你在顛顛仆仆中
抖落了塵埃與浪漫
露出你的本來骨相

你現在
僅僅是一個字眼
一個故時親友如相問時
我以之作答的

字眼

38 我還是那個原始人

那時候人類還沒有婚姻
我們在一起茹毛飲血
木中取火
火神願意做證
你我卻不需要誓盟
怕野獸兇猛
不怕你不真

如今人類
有了法律條文
可我還是那個原始人

信山河大地
青天白日
不信言之鑿鑿
誓語誠誠

39 兩兩相忘

江湖浩渺
我們在浩浩渺渺中相忘
忘那相濡以沫的倔強
忘那生關死劫的闖蕩
忘記自己，才敢記得你
從此我這無腳的魚
在大漠最深處蹲踞
不回頭　不仰望　等記憶蒸乾

歲月綿長
我們在綿綿密密中守望

守住你微風中的憂傷
守住我赤日下的孤單
遇見了你，才認出自己
從此你這無翼的鳥
在海天最蒼茫處流浪
一時近　一時遠　等幸福靠岸

我們不哭
我們在各自的天涯
相依為命

40 一眼，年華老去

只消一眼
便知你我已年華老去

第一眼相愛
第二眼感慨
第一眼花開
第二眼葉敗
第一眼滄海
第二眼天外

第一眼此生此世

第二眼無會無期

41 我不配

我的命裡
還缺毀傷與離亂
所以我的詩裡
便少了孤憤與苦寒
我不配
成為那柄詩歌的匕首
嵌入你的心臟

而我其實
也捨不得要你
壯烈共鳴

第一眼 此生此世

第二眼 無會無期

42 詩在謀殺詩意

這個世界不需要那麼多的詩
就算需要
這個世界也不需要那麼多的詩人

詩存在
卻不需要被讀出
一旦讀出
就是詩與存在之間的割裂
詩在成為詩的那一刻死亡

詩歌一旦被詩人捕獲

它就是從大地上抽拔而出的花
就是聖象嘴裡被鋸斷的牙
就是心裡舞蹈著的神
被塑成泥雕
高高在上
污穢不堪

哪一個詩人願意守那神聖的金剛誓言
哪一個詩人願意與詩歌一起
融入虛空

43 一說便錯

詩人的翅膀
退化成了詩行
以為字斟句酌
以為錦繡辭章
就能回到高處
俯視蒼生
他竟然忘了當初
正是在打破沉默的那一刻
開始墜落

44 因為迴車所以詩

詩歌
是懶惰者的最愛
分行　斜槓　迴車
把寂寞包裝成寂寞
好引來人們的嘲笑：
看啊，那個假裝寂寞的白癡！
畢竟
被視作虛偽
總好過
被識穿
懶得和這個它自己都說不清道不明的世界赤誠相見

忘記自己
才敢記得你

遇見了你
才認出自己

我們在各自的天涯
相依為命

45 省略號

不讀
也讀不盡
前人書經
不寫
也寫不出
供人瞻仰的句文
就這麼孤立著
孤立在不可說不可說
如恆河沙數的言語、辭藻之中
我申請
做一個省略號

無盡又空空

46 詩的初衷

曾經我認為
詩的語言
就像是湧動的河
自莫可知的來處來
往不可測的他方去
詩人只是大流中的浮木
被流經
被洗刷
被浸潤

現在

當語言的水蒸發
撕裂大地
自那黑色的空洞裂縫中嘯叫而出的風
那不成調的嘯詠
那不被解讀的噥噥
在我看來
才是詩的初衷

47

此身即是文章

我大約是個被福蔭的人
被一種並不屬於我的慧能所指引

我於昔日寫下的那些
我不懂、不會、做不到的話
它們就像是森黑中螢火蟲般的教賜
又像是老薩滿的嗡嗡預言
與漠地裡的斷續伏線
它們自筆端流出
化作人形如魅
攬腰扶肩地引我

踉蹌前行

如今
它們漸漸遁了去
高妙的言語不再出現在我的詩句
甚至
也不在我無字的心裡

是時候了
你搏風而去
唯然
我從這裡開始
篤行

往後
此身即是文章

48 然而沒有如果

如果歲月可以
霎時進入八寒之地
我們便可以
凝結出永恆的笑容
而且可以
放心地妄顧
本來要旋即生起的
落寞

如果風景可以
瞬間進入八熱之地

我們也可以
融化掉層出的欲望
進而拒絕
第一千零一次的
絕望

然而最終
我們只能在這初秋的微涼裡
看各自從蒼白到淺黃
我盯著你的背脊
從深夜到天亮

49

了了

行腳的僧人
沒有可歸止的廟門
扯三縷行雲可作衣衲
拾一顆芥子便成乾坤
行行止止
沒有一個淨土需要去嚮往
沒有一個人間需要去迴避

但皈依的小雀
偏落於他的肩頭
肩頭於是沉重

願將所有功德迴向
迴向給皈依者
小雀於是得見般若

火車又帶著我離開
我仍帶不上你
往事如心中的念珠
被揉捏得渾圓生疼
靜靜默念：
沒有一個愛情需要去嚮往
沒有一個結局需要去迴避
我成為你的信徒
向前挽住你的肩膀
肩膀於是輕佻

將所有的負荷卸下
你說你可以得見煩惱
煩惱就在我的虔誠裡
你如至聖的先師
指給我單身前行的路向

我就是從那一句「你走」中知道
行腳僧是我的前世
小雀　是你

扯三縷行雲
可作衣衲
拾一顆芥子
便成乾坤

50

剛剛

就在剛剛
已經把你喜歡了一遍
也沒有徵求你的同意
更不知道是深是淺

總之
你算是來過了
就像山風來過我的窗前
斜日染過我的裙邊
就像暮歸時迷路的灰雀
闖入我的竹簾

又匆匆
回到你的路線

但這不就是
我們一直以來擁有的全部麼
全部都是
一廂情願
剎那之間

51 曇花未開

相信我
惜取這最好的時分：
曇花未開
消息不來
無根的話頭未參透

莫問因由

總有石破天驚時候
總還要收拾
這註定的

凋零
辜負
與
逝水東流

52 像植物一樣相愛

如果我們最後在一起
我希望就像冰在零度會融化
像三色堇在四月會開花
像黃加藍會變綠
像太陽會在夏至直射北回歸線一樣
自然而然

如果我們沒有在一起
我希望那是因為
還沒有到
最後

53 懂的人會懂

門不用上鎖啊
只要你半掩著
有心的人吶
就不會隨便進去了

心不用上鎖啊
只要你沉默著
有情的人吶
就不會輕易觸碰了

不是每一朵花兒

都結一個果兒啊
有的花兒開
只是為了開過

不是每一次愛
都說出口啊
有的時候愛
明知道會錯過

54 一邊等一邊錯過

從一月坐到四月
從水窮石瘦坐到櫻吹雪

茶湯熟了你不來
我把它煮成雲霧
雲霧散了你不來
我把它吹作散調
散調寂了你不來
我把它聚為蓮蒂
蓮蒂開了你不來
我把它摘了供佛

許是這不來者
先成了佛
亦等我
等了無量劫

55 雖然我愛你

我還是寧願你
鮮衣怒馬少年
願你有決絕的勇氣
不告而別

願你寂寞的時候仍自由
上馬殺敵
下馬飲酒
快意恩仇

願你不管不顧

無人可傷及
亦無人可挽留
願你始終天真
願你不識時務
逆流縱走

我還是寧願你
鮮衣怒馬少年

56 不回

伸出去的手
就收不回了
為了放開你
只好斷臂

不過不要擔心
從撕裂的地方
會長出新的血肉
一重悲喜一寸膚肌

投出去的眼波

也收不回了
目送你之後
只能自剜

同樣不必擔心
從場陷的地方
會放射出光芒
一重障蔽一分靈慧

好啊
讓我們相聚
好啊
讓我們分離
直到

千手千眼
好啊
直到
大悲同體

57 也好

我已經不覺遺憾了
在那樣的遲暮之時愛上你
更早
便不會有那樣的
遇見島嶼的歡喜
浮沉過後的歡喜

我也已經不覺惋惜了
在那樣的情意熹微之時告別你
更晚
便不再有那樣的

越盡千山的念記
孤旅悠長的念記

不如就這麼約定
我們
永不相互消磨
不如就這麼相信
我們
真的愛過

58 小鼠輩

我倚東窗
鼠鬧北牆
乾脆合書不讀浮生夢
邀那小廝共乘涼

西山菊黃
南粵桂香
欺你鼠目難歡賞
那廝卻笑吾人浪蕩空度日
戀寸光

59 鬥酒

東山雲稠
正好把輕塵濕透
稀星如豆
取將來慢火煮就
前緣影事切絲
餘情殘心榨油
半生詩情都押上
今夜與鬼鬥酒

願你始終天真
願你不識時務
逆流縱走

60 慕古

正月時
便托人送信
邀寄身湖海舊友
三月落英時分
南山的溪水初盈
明前的雨茶新炒
石上煮茶去罷

三月初八等到初十
友未見
策杖歸

五月柴門半夜響
反穿衣裳推窗
見友憨笑道無恙
裹粽懷中送家常

一年只籌三件雅事
十載獨愛一篇文章
半生參破浮世一番

這樣的人生
如今已被斥之為懶
或被嫌之以閒了

61 未成雙

人間四月未成雙
苦菜秀
靡草死
小暑至櫺窗
人間五月未成雙
溫風至
蟋居辟
鷹習羽欲翔
人間六月未成雙

涼風至
白露降
寒蟬鳴空廊

人間七月未成雙
鴻雁來
玄鳥歸
群鳥養羞藏

人間八月未成雙
不覺奴心已成霜
素眉蹙
淚凝睫
不見葉綠與花黃

62 雀兒飛

寒椏脆
雀兒飛
雲巢雖似錦
茫茫不可棲

銜丸泥
築小寄
若無依止處
安得向凌虛

63 上密明月

明月出山巔
半為雲遮
半被霧染
我勸月明莫籠煙
好獻吾師一夜圓

圓月知心如有性
驟然散霧
踴躍推雲
上密靜院交輝一片

好月兒
高擎中天
照徹人間
明耀三千
恰如吾師慧朗
又似君心清涼

尋思讚歎
再回身時月又掩
剩得餘韻一縷
疏星幾許
流螢點點
怕是只因君已眠
默！

64 那個答案

——周夢蝶先生七日祭

你終於
向佛影的北北北處潛行
你終於
由冥入冥

我曾經是怕苦的
總覺得苦的人生就應該短些
你也怕苦
可你努力地活出了足夠長的時間
好去稀釋苦

好去將胸中的濃墨稀釋成詩影間的留白
如今甚至更
將骨
還給父
將肉
還給母
將色還給空

在這皓白虛無裡
你一定已經知道
知道那個誰也無法親口告訴我們的答案——
我是誰
當一未生二
當二未生三

65 不受後有

斯人已死
詩人已死
死去
便不要再活過來了
不要再
無明緣行
行緣識
識緣名色……
也不要
行而倦
住而四顧

愛而落寞……
你身後的無邊瀟瀟不得成詩便
不成詩
烈火開不出紅蓮便開不出吧
你走後
誰還配

66 你我呀

你呀
我可真擔心你
蒙佛接引都不去

到了淨土可就沒有苦了啊
沒有嚴寒與酷熱
「可也沒有愛」
你說
沒有情癡與情怯
沒有半個舊時相識可啼笑竊竊

而我又憑什麼相勸呢
當初還不是一樣
因愛重而生娑婆
因最後一句詩無法押韻而重來
我呀

國家圖書館出版品預行編目 (CIP) 資料

以何之名 / 扎西拉姆．多多著 . -- 初版 . -- 臺北市：
商周出版：家庭傳媒城邦分公司發行 ,2018.08

面；　公分

ISBN 978-986-477-525-5(平裝)

851.486　　107013510

以何之名

作　　者　扎西拉姆．多多
企畫選書　徐藍萍
責任編輯　徐藍萍

版　　權　翁靜如、吳亭儀
行銷業務　王瑜、闕睿甫
總 編 輯　徐藍萍
總 經 理　彭之琬
發 行 人　何飛鵬
法律顧問　元禾法律事務所王子文律師
出　　版　商周出版　台北市 104 民生東路二段 141 號 9 樓
電話：(02) 25007008　傳真：(02)25007759
E-mail：ct-bwp@cite.com.tw　Blog：http://bwp25007008.pixnet.net/blog
發　　行　英屬蓋曼群島商家庭傳媒股份有限公司城邦分公司
台北市中山區民生東路二段 141 號 2 樓
書虫客服服務專線：02-25007718　02-25007719
24 小時傳真服務：02-25001990　02-25001991
服務時間：週一至週五 9:30-12:00　13:30-17:00
劃撥帳號：19863813　戶名：書虫股份有限公司
讀者服務信箱 E-mail：service@readingclub.com.tw
香港發行所　城邦（香港）出版集團有限公司　香港灣仔駱克道 193 號東超商業中心 1 樓
E-mail: hkcite@biznetvigator.com　電話：(852)25086231　傳真：(852)25789337
馬新發行所　城邦（馬新）出版集團 Cite (M) Sdn Bhd
41, Jalan Radin Anum, Bandar Baru Sri Petaling, 57000 Kuala Lumpur, Malaysia.
Tel: (603) 90578822　Fax: (603) 90576622　Email: cite@cite.com.my

設　　計　張燕儀
印　　刷　卡樂彩色製版印刷有限公司
總 經 銷　聯合發行股份有限公司　新北市 231 新店區寶橋路 235 巷 6 弄 6 號 2 樓
電話：(02) 2917-8022　傳真：(02) 2911-0053

■2018 年 8 月 30 日初版
■2022 年 8 月 12 日初版 2.5 刷

城邦讀書花園
www.cite.com.tw

Printed in Taiwan

定價 280 元

　ISBN 978-986-477-525-5